Liebe Eltern,

jedes Kind ist anders. Manche Kinder kennen bereits alle Buchstaben in der Vorschule und können sie zu Wörtern formen. Andere lernen das Abc in der Schule. Für das spätere Leseverhalten ist es jedoch völlig unerheblich, wann die Kinder das Alphabet meistern. Wichtig aber ist der Spaß am Lesen – von Anfang an. Deshalb ist das Bücherbär-Erstleserprogramm konzeptionell auf die Fähigkeiten und Bedürfnisse der Kinder abgestimmt.

Dieses Buch richtet sich an Kinder im Vorschulalter.
Die Hauptwörter wurden durch Bilder ersetzt, wodurch auch Kinder »mitlesen« können, die das Abc noch nicht gelernt haben. Das macht neugierig und Lust auf mehr. Zusätzlich regen Rätsel am Ende des Buches zum Gespräch über die Geschichte an. Denn Kinder, die viel Gelegenheit zum Sprechen haben, lernen auch schneller lesen.

Ihr Bücherbär

Empfohlen von **westermann**

Stefanie Dahle

Ein geheimnisvolles Geschenk

Stefanie Dahle
wurde 1981 in Schwerin geboren und hat schon als Kind viele Stunden damit verbracht, Bilderbücher anzuschauen oder Zimmerwände zu bemalen. An der HAW Hamburg hat sie dann Illustration studiert – und gestaltet heute selbst fantasievolle und wunderschöne Bilderbuchwelten, in die man sich stundenlang hineinträumen kann. Seit 2007 arbeitet sie exklusiv für den Arena Verlag.

Ein Verlag der Westermann Gruppe

Dieses Druckprodukt ist mit dem Blauen Engel ausgezeichnet

Der Bücherbär
2. Auflage 2022

Text: Stefanie Dahle
Cover- und Innenillustrationen: Stefanie Dahle
Gesamtherstellung: Westermann Druck Zwickau GmbH
Printed in Germany
ISBN 978-3-401-71670-1

Besuche den Arena Verlag im Netz:
www.arena-verlag.de

Stefanie Dahle

Ein geheimnisvolles Geschenk

Überraschung!

Das ist Erdbeerinchen  .

Sie ist eine klitzekleine  :

eine  .

 liegt noch im  .

Die blinzelt in den  .

Da klopft es an der  der  .

Draußen steht ein 

mit einer großen  darum.

BIN IM GARTEN

Die kleine  staunt.

Ist das ein  ?

Auf einem  steht: „Für  !“

„Oh, wie toll!“, ruft die  .

Sie trägt das  in ihre  .

Es ist leicht wie eine  .

Was wohl darin ist?

 entknotet die  .

Schon platzt das  auf! Puff!

Wie ein schießt etwas daraus hervor.

fällt auf ihren .

„Ach du heilige !“, ruft .

An der der schwebt

eine .

Sie ist klein wie ein  und

sieht aus wie eine  .

 macht große   :

„Wer bist du denn?“

Die kleine   schwebt zum 

und regnet dicke  .

Das  , der 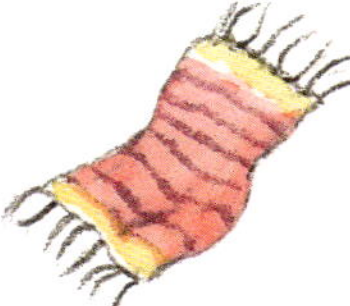 und das 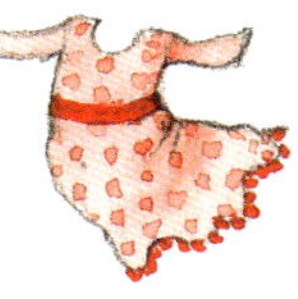

der  werden pitschnass.

Die kleine  kichert.

„Pfui!“, schimpft  .

Doch die  saust von einer 

in die andere  ,

wie ein  .

Auch das  von Bibo ,

der  und der  sind jetzt nass.

 ruft: „Schluss damit!

Kannst du nicht woanders regnen?“

Die kleine  flitzt durch die 

in den  und hüpft von 

zu .

Die  freuen sich. Denn ihre 

ist von der  ganz trocken.

„Das machst du prima!“, lobt .

Die kleine  landet auf der 

und regnet sie bis an den  voll.

Die   ruft: „Stopp!“

Doch die kleine  versteht nicht.

„Du kannst jetzt aufhören!“, ruft .

Aber die kleine  regnet weiter.

 setzt sich neben sie ins .

„Macht nichts!“, ruft die  fröhlich.

„Gegen deinen  gibt es bestimmt

einen  

.

Den finden wir schon heraus!“

In der Feenschule

Die kleine regnet immer noch.

 ist auf dem  in die .

Es ist eine  + .

 hüpft durch die ,

klettert über einen  und paddelt

auf einem  über den .

Dort ist die . Heute lernen

die  einen neuen .

„Hallo  !“, sagt die .

„Möchtest du mitmachen?

Wir üben, wie man  zaubert!“

„ brauche ich nicht!“,

 erklärt  .

„Ich brauche einen  gegen  .

Meine kleine  macht alles nass!“

„Toll!“, strahlt Eleni , die  .

„Eine echte  !“

„Ich kenne einen !“,

ruft Kira , die ,

und schwingt ihren .

„Sag einfach: ‚Weiß wie !‘“

Die kleine  fröstelt.

Plötzlich lässt sie kleine  schneien.

„He!“, ruft .

„Meine  ist doch kein !“

„Ich weiß es!“, ruft  laut.

„  braucht die  .“

Plötzlich hexen alle  durcheinander.

Die  zaubert der kleinen 

eine blaue 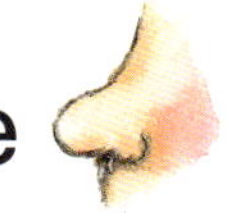, und die  beschwört

einen fliegenden .

 tanzt ihren neuesten  ,

und in der  wird es heiß

wie in einem  .

Der  jagt die arme 

über   und   .

„Das reicht!“, tadelt die  .

Sie wedelt mit ihrem  .

Der  und die blaue 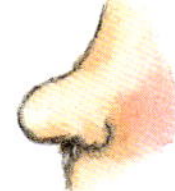

verschwinden.

Alle   setzen sich

und sind mucks-  -still.

Auch  .

„Der richtige lautet:

‚Kleine , halte ein,

soll genug für heute sein‘“,

erklärt die .

Sofort hört die kleine  auf zu regnen.

Jede  schreibt den

mit ihrem in ihr .

 hat eine und hebt ihren :

„Und was sage ich, wenn es

wieder regnen soll?“

Die  lächelt.

„Sag einfach: ‚Kleine , fein,

sollst mein  sein!‘“

Stella im Apfelbaum

Es ist , und der  steht am .

 schläft in ihrem weichen .

Plötzlich schlägt ein 

in den  ein.

Die kleine  ist hellwach.

Was war denn das?

Vor dem  der  raschelt etwas

geheimnisvoll im .

 springt aus dem  und läuft hinaus.

An einem  zwischen den 

zappelt etwas. Es ist hell wie eine .

„Ach, du dickes !“, flüstert .

Es ist gar keine ! Auch keine !

Es ist Stella , die kleine .

Ihr  glänzt wie ein goldener .

Und auf dem  trägt sie

eine leuchtende .

„  !“, piepst sie. „Jetzt bin ich

schon wieder vom  gefallen!“

 rudert mit ihren 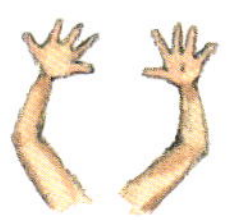 und ,

doch ihr 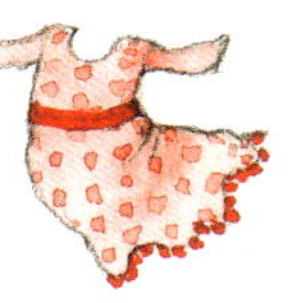 hat sich

in dem  verfangen.

Die kleine  stupst  an.

„Los, komm!“, flüstert sie.

 nickt.

Zusammen fliegen die beiden

in den  hinauf.

Die arme  erschrickt.

Ihr winziges  pocht laut wie eine  .

„Bitte, bitte, fresst mich nicht!“,

weint  .

„Fürchte dich nicht! Wir helfen dir!“,

flüstert   .

„Danke!“, piepst  . „Wenn der 

erkältet ist, falle ich oft vom 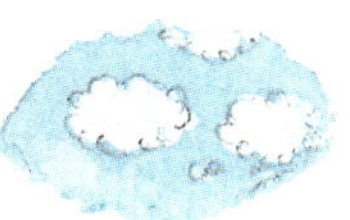 herunter.

Er niest lauter als ein  !“

 macht das 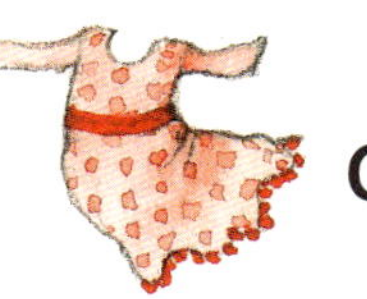 der  

vom  los.

Plötzlich ist  frei und purzelt

durch die  nach unten.

Dort landet sie in einem .

„Hoppla!“, kichert 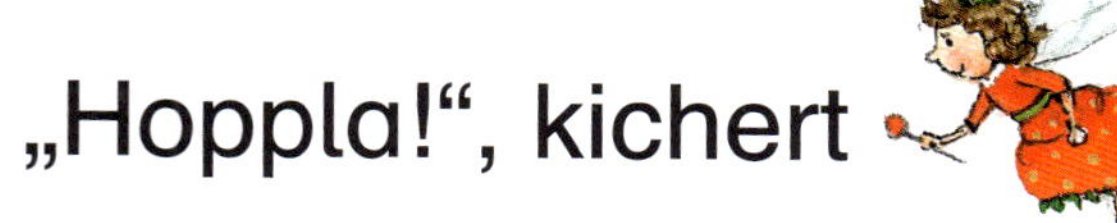 .

Die kleine  zieht die 

aus dem .

Schnell jetzt!

Bald wacht die auf.

Die kleine  muss zurück

in den  .

Aber wie?  zeigt auf ihre  :

„ , brauchst du ein  ?“

Die kleine  schüttelt empört den 

und sagt: „Ein ? Nein!

In der  +  habe ich gelernt,

wie man zurück in den  kommt.

„Auf Wiedersehen, !“

Die kleine  nimmt .

Sie rennt über das ,

hüpft über eine  und

springt auf ein großes .

Das  wippt wie eine .

Und wie ein  saust  zurück

an den  . Huuiiiiiiii!

Die Wolken der Wetterfee

 Stürmchen  landet im .

Sie ist eine  + .

Hinter  landen vier kleine .

Sie sind weich wie 

und sehen aus wie .

 staunt.

Da sind ein , ein ,

ein  und eine .

„Ich vermisse eine meiner  !“,

sagt  wütend.

„Sie sieht aus wie eine  !“

Die  + durchsucht den  .

Sie schaut hinter den , in die

und unter die  .

Dann entdeckt sie die  hinter  .

„Alle  gehören mir! Mir allein!“,

kreischt sie  an.

Die kleine  zittert.

 nimmt sie auf ihren .

Plötzlich rascheln die  und 

im . Die  landet im .

 macht schnell einen .

„Die  gehören dir nicht

allein,  !“, ruft die  .

„Du musst lernen zu teilen!

Ich habe die kleine 

als  zu  geschickt!“

 lässt die   hängen.

Die  bückt sich zur kleinen :

„Möchtest du bei  bleiben?“

Die kleine  nickt.

 hat eine .

Die kleine   schwingt ihren .

Plöng!

Die  wird nicht so rot wie eine ,

aber ein bisschen rosa wie .

„Meine rosa !“, freut sich .

 rümpft die 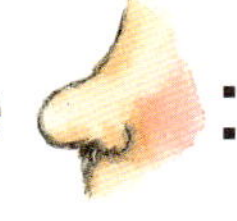:

„Du liebe ! Rosa  kann ich

am  sowieso nicht gebrauchen!“

Die   lächelt:

„Selbst die beste  der 

braucht ab und an  !“

„Genau!“, ruft  .

Dann schwingt sie ihren  :

„Kleine , fein,

sollst mein  sein!“

Der  der kleinen  sieht aus

wie .

„Igitt!“, murrt .

Die + fliegt zusammen

mit ihren zurück an den .

„Gute , !“,

wispert die .

Bevor zum

in ihre krabbelt, flüstert sie:

„Kleine , halte ein,

soll genug für heute sein!“

Die Wörter zu den Bildern

Erdbeerinchen

Fee 

Erdbeer-Fee

Bett 

Sonne 

Garten 

Tür 

Teekanne 

Paket 

Schleife 

Geschenk 

Schild 

Feder 

Pfeil 

Hintern

Erdbeere

Decke

Wolke

Teddy

Hummel

Augen

Tropfen

Teppich

Kleid

Ecke

Blitz

Bild

Bibo

Sessel

Zauberstab

Pflanzen

Erde

Gießkanne 

Rand 

Gras  

Regen 

Zauberspruch

Weg 

Schule 

Feenschule 

Wiese 

Maulwurfshügel

Seerosenblatt 

Teich 

Zauber 

Lehrerin 

Wind 

Eleni 

Sonnen-Fee

Regenwolke 

Kira 

Kirschen-Fee

Eis 

Schneeflocken 

Schneemann 

Blaubeer-Fee 

Nase 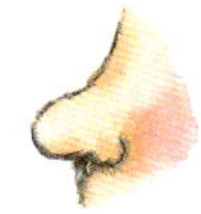

Himbeer-Fee

Teebeutel 

Sonnentanz 

Ofen 

Tische  

Bänke  

Mäuschen 

Füller 

Heft 

Frage 

Finger 

Regenfässchen 

Nacht 

Mond 

Himmel 

Fenster 

Apfelbaum 

Ast 

Blätter 

Lampe 

Ei 

Glühbirne 

Stella 

Sternschnuppe 

Taler 

Kopf 

Krone 

Mist 

Arme

Beine 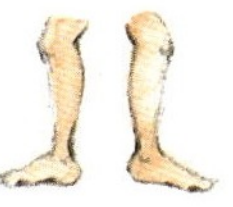

Herz 

Trommel 

Elefant 

Blumentopf 

Taxi 

Sternenschule 

Anlauf  

Gras 

Blatt 

Sprungfeder 

Stürmchen 

Wetter-Fee 

Watte 

Tiere 

Hase 

Vogel 

Biber 

Ente 

Zaun 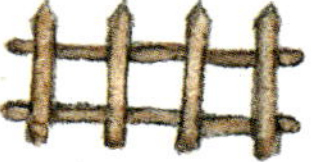

Erdbeerpflanzen 

Blumen 

Feenkönigin 

Knicks 

Ohren  

Idee 

Zuckerwatte 

Zeit 

Welt 

Erdbeerlimonade 

Schlafen 

Der Bücherbär
1. Klasse

Eine durchgehende Geschichte

Zwei Meermädchen und ein flossenstarkes Abenteuer
978-3-401-71610-7

Tilda Apfelkern
Beste Freunde und ein Regenbogen-Picknick
978-3-401-71652-7

Millis erster Schultag
978-3-401-71653-4

Das Geheimnis der Piratendrachen
978-3-401-71580-3

Jeder Band: Ab 6 Jahren • Eine durchgehende Geschichte • Durchgehend farbig illustriert • 48 Seiten • Gebunden • Format 17,5 x 24,6 cm

Mit Bücherbärfigur am Lesebändchen

Innenseite aus *»Millis erster Schultag«*
978-3-401-71653-4

Diese Reihe richtet sich an Leseanfänger in der 1. Klasse. Mit der großen Schrift, den kleinen Kapiteln und den vielen farbigen Bildern macht das erste Lesen viel Spaß.

Empfohlen von **westermann**